이별에 대하여

이별에 대하여

장선우 시집

창비

차 례

제 2 부

제 1 부

다비식 2

입재(入齋)

멀어져가네요

그녀가 무슨 짓을 한들
그냥 아련하네요
술 마시며 울든,
딴 남자와 살을 섞든
그냥 아련하네요
그렇게 멀어져가네요

난 이제 다시 옷을 벗습니다
부처님 앞에서
안에서
오체투지 108배, 108배, 1080배……

그녀는 그렇게 멀어지네요

관음암

나는 허리가 아파 못 올라갑니다
바람이 심하다지요
이름도 없다지요
어느 운수납자
왜 성불 못하셨나요
세상에 다시는 나오지 않았다면서
그 바람 센 곳을 홀로 지켰다면서
구름처럼, 물처럼, 바람에 뒹구는
낙엽처럼 살았다면서
왜 성불 못하셨나요
사랑은 그토록 아름다운 건가요?

경마장 가는 길

나는 그 끝장면이 좋았다
나는 지금 그 끝장면이 되었다
쓰고 쓰고 또 쓰고
'경마장 가는 길. R이 돌아왔다⋯⋯'

술잔

오고 오고 가고……

나쁜 영화

검열에 왕창 짤려 개봉하던 날
나쁜 아이들은 대한극장 앞에
뒤늦게 모였다
극장 안에 들어가기조차 싫어하던
나를 위로한답시고
재경이가 말했다
'감독님 우리 본드 불고 강물에
팍 빠져 뒤질까요?'
미친놈
그는 정말 한강 고수부지에서
본드 불다 강물에 빠져죽었다
재경이는 이제 이 세상에 없다

어린 물고기

사막 같은 바닷속을
헤매다가 무서워 죽는 줄 알았어요
어린 물고기 간신히 만났는데
왜 그리 안심이 되던지요
살아 있는 모든 건 등불이더군요
무명(無明)을 떠나는 길
어린 물고기가 알고 있었어요

관세음보살

숨막히는 절경인가요 당신은
피피섬을 바라보다 당신 생각
많이 했습니다
당신 찾아 바닷속까지 헤맸지요

숨막히는 황홀인가요 당신은
하지만
오색 물고기 떼지어 노는 곳
그곳에도 당신은 없었습니다
만다라꽃 피고 원숭이 뛰노는 바닷가에조차
당신은 보이지 않았습니다

숨막히는 비애인가요 당신은
눈감으면 떠오르는데
눈뜨면 보이지 않았습니다
돌아오는 뱃전에 앉아
오래오래 눈뜨지 못했습니다

상무주암 가는 길

관세음보살 2

해조음 들리는 바닷가에
당신은 사신다던데
낙산 홍련암도 비우시고
남해 금산도 비우시고
어디 계신가요?
당신 시중 들면서
한 백년 살고 싶은데
해조음 정겹던
관매도에도 우이도에도
당신 자취 없네요

화엄경

꿈에
여자의 시체를 가루지고 다녔어요
한 명은 옛 애인 같았는데
한 명은 조금 아는 여자 같았어요
그 여자는 하반신이 잘려나가
지고 다니기가 더 힘들었어요
영안실
사람들 다니는 문으로 못 다녔어요
화장터에 갔는데요
문을 함부로 다닌다고 야단맞았어요
다시 나오라고 옆으로 나오라고
밑으로 나오라고
울면서 시체를 업고 다녔어요
그런데도 그것은
비몽사몽 중에도 밤새 뻣뻣했어요
이 질긴 애욕!
애욕은 보살의 씨앗이라고 그랬나요

「화엄경」에서?

하지만 선재는요

이련을 여인숙 방에 홀로 남겨두고

막걸리 한잔에 취해

산으로 올라가잖아요 별 보려구요

그 순진

또는 대분심(大憤心)

그녀는 떠나고 없었어요

조계사에서 2

법문

어린 중 하나

해질녘이면

절문을 빠져나와

먼길을 내다보며 울곤 했어요

사람이 하도 그리워서

무릉계곡 처녀귀신들하고도 놀았어요

어른 중이 되어도 그 버릇 잘 못 고치던

스님이 그랬어요

인생은 놀다 가는 거라고

놀다 가세요

그물에 걸리지 않는 바람처럼, 별빛처럼, 파도소리처럼

동안거

원래는요
겨울이 가는 걸 안타까워한 적이
한번도 없었어요

성냥팔이소녀의 재림

꽃 달린 배 타고 나는 가요
뱃전에 부서지는 파도소리만
데리고 나는 가요
포다섬* 가는 길 금강경 한줄이
하늘가에 걸렸어요

若見諸相非相 卽見如來……**

* 타이 서쪽 안다만해상의 섬.
** 모든 상이 허망하니 상을 상 아닌 것으로 보면 여래를 본다는 뜻.

거짓말

제작자 신철이는 지옥 갈지 몰라요
거짓말해서
근데요 복받을지도 몰라요
거짓말 만들어서

화두

마누라, 평생의 화두
떠나기도 힘들고 남기도 힘들고
유사하(流砂河) 건너는 만큼이나
힘든 화두

아, 정말 모르겠어요
하지만 화두는 놓지 않는 법
당신과 세세평생 같이 갑니다

묵언

한쪽 뇌에 피멍이 들어
누우신 어머니
말을 못하시는 어머니
가끔 빙긋이 웃으시고
어쩌다 눈물도 흘리시고
애기처럼 투정이 많아지신 어머니
주무시는 건지
그냥 눈을 감고 계신 건지
아버지가 가끔은 그리우신가요
생전에 다투기도 많이 하셨는데
아니면 북쪽에 두고 온
어린시절이 자꾸 보이시던가요
혹은 여호와의 나라에
드는 꿈을 꾸시나요
어머니 쓰러지시기 전에
여호와의 증인 되기 열심이셨는데
저는 스님이 되면 삼대가 지옥을 면하느니

어쩌느니 하고 다니네요

용서하세요 어머니

여호와도 부처님도 다르지 않을 거예요

천국에 드시거나

극락왕생 하시거나

아주아주 오랜 묵언이

끝나시면 다 한길일 거예요

지옥

겁이 나요
사실은 지옥 갈까봐
부처님도 지옥이 따로 있는 게
아니라고 하셨지만
전 지옥 갈 거예요
거짓말도 많이 했고
남의 마음 아프게 한 적 많았어요
오늘도 남의 맘 아프게 했어요
잘 견뎌볼게요
화염지옥, 빙한지옥, 발설(拔舌)지옥,
도산(刀山)지옥
어디든 잘 견뎌볼게요
꽃도 염불도 없이
저는 그렇게 떠날게요
밥 한 그릇, 물 한 모금 없이
그렇게 떠날게요
겁날 게 뭐 있어요

모든 게 불타고 있는데
어차피 불타고 있는데

애인

……관세음보살

'누가 너랑 한대?'

생리

생리 전 칠일
생리 후 칠일
내가 하던 피임법
하지만 생리 전 칠일은 도무지
알 길이 없다
그녀는 달을 거르기 일쑤고
때론 생리를 아예 잊어버리기도 한다
용맹정진하면
잠도 잊고 식음도 잊고
때론 생리도 잊는다더니

당신 금세
견성하실 거예요

태진아

저는 태진아가 좋아요
'사랑은 아무나 하나'
그 노래도 좋구요
'외로워 마세요'
그 노래도 좋아요

······인생이 다하는 날까지
웃으며 살아가요 ··· 하나를
얻자니 잃는 건 두 가지······
외로워 외로워 마세요 사는 게
다 그런 거지······

그만할래요 저 음치거든요
그리고 그 아저씨
텔레비전 나온 거 보면요
되게 웃겨요
속없이 웃겨요

가는 세월 돌릴 수 있나요

그저 허허 웃어봐요……

아저씨, 여기 소주 한병 더!

광화문

신화

나에 대해 이러쿵저러쿵
말이 많다지요
소문도 많다지요
값싼 주둥이 놀려 그렇게 많이
죄를 짓는다지요
구업(口業)!
입으로 짓는 죄가 가장
더럽다는데
진언을 쳐드릴게요
죄 많은 당신들 땜에
나는 전설이 되고
신화가 되는 거예요
나의 오만이 얼마나 드높은지
아세요
부처님도 만나면
단칼에 베어버릴지도 몰라요

연꽃이 떠난 후

달마산

나는 사막인가봐요
왜 그렇게 물이 좋죠

비가 되어 흐르고
폭포 되어 흐르고
강물 되어 흐르고
바다 되어 흐르고

그중에서도 질질질
흐르는 물
당신의 흰 두 다리를 타고
흐르는 물
세상의 물이 시작되는 곳

달마산 중턱에는
꽃샘이 그렇게 있었어요

현공 스님

그해 겨울
아닌가요? 눈 덮인 미황사 뒤뜰에
동백꽃이 한창이었어요
바다가 멀리 내다보이는 절
그 아름다운 곳이
왜 그렇게 쓸쓸해 보였는지요
현공(玄空) 스님
당신은 홀로 절을 지키시다
낯선 이를 불러들여
차를 따라주셨지요
한잔 하시고 자고 가라고
아, 그래서 그렇게 절이
쓸쓸해 보였던 거였어요
그 쓸쓸함이 아랫마을
바닷가에 내려가 술 취하게 했고
당신의 소원
허리 잘록한 과부 만나서

택시운전 하고 살고 싶다고
하셨어요
웃으며 말했지만
쓸쓸함은 이길 수 없었습니다
현공, 검은 하늘
동천(東天)을 그리워하며 지금은
어디에서
술잔을 비우시나요

대흥사

모래꽃

「성냥팔이소녀의 재림」 중에서

그이는 모래꽃
나쁜 아저씨들에게 총 맞고 죽어버렸어요
열방쯤 배에 총알 맞고
산호사 모래밭에 얼굴
파묻고 쓰러졌어요
저는 나쁜 아저씨들에게 끌려갔어요
모래꽃 밟으며
끌려가던 모래 위엔
바람을 이기려고 낮게낮게
모래꽃이 피었어요
피안개 눈앞을 가로막는데
노란 모래꽃이 멀어져갔어요

바리공주

아 안되겠어요
바닷속의 진흙소가 어떻게
달을 먹어요
아 안되겠어요
버드나무 가지 입에 물고
천길 낭떠러지에 매달린
천년의 고독
길을 물어 그이가 입을 열어 대답하면
그이는 떨어져죽고요
길을 묻지 않으면
감로수 길어오길 기다리는
내 부모가 죽는데요
길을 물어야 하나요
말아야 하나요
아 안되겠어요
그물에 걸린 물고기처럼
거미줄에 걸린 나방처럼

오늘 하루도 난 산 게 아니에요
진흙소 거기 어디 있나요?
달 뜨는 밤이었어요

조계사에서 1

불영사

문 닫힌 산문을 지나
무작정 들어갔지요
그녀 혼자 갔어요
둘이 갔어도 혼자 갔어요
불영사(佛影寺) 연못에
부처님 얼굴 보였어요
전각도, 법고도, 비구니스님도
다 그림자 되어
불영사
법고소리 따라
그녀 혼자 갔어요

부석사

당신은 전생에 내 도반(道伴)이었나봐요
이승에서도 마누라 되어
성불하라고 성불하라고
그렇게 또 다그치네요
다음 생에는 모진 인연 끊고
무량수전 이르세요
그렇다면 내세에도
부석사 가파른 계단
올라갈게요
나무아미타불 연호하면서
이마에 붉은 피 적시며
당신 찾아 올라갈게요

형제

같은 부모 아래 형제인데
살아온 기억이 다 다르네요
형보다 훨씬 뼈아픈
기억이 많은 동생들
하나는 묵언중이신 어머니 옆에서
수행중이고요
또하나는 이혼하고 애인은
산으로 출가해버렸대요
비구니 옛 애인을 둔
동생은 어린 두 아이 데리고
또한 수행중이네요
장곡사 구경하고 오면서
향초에 씌인 반야심경
더듬더듬 해석하는데
그애가 대번에 막힌 데를
뚫어요
수(授), 상(想), 행(行), 식(識)도 공(空)하기는 이와 마찬가지
더라……

협시(脇侍)

허창경, 우형이, 진미
머리를 확 깎아버려?
조감독 진미는 안되겠다 워낙
날라리여서
촬영감독 김우형은
왜 그렇게 찍으려고 그래?
물었더니
'그냥요. 그래야 될 거 같아서요'
우헤헤, 정말 그렇다. 그거다.
허 피디는 내가 온갖 심통을 부려도
다 받아준다
그러면서도 아닌 건 아니라고 계속 말한다
내가 단칼에
잘라도 미적미적 또 말한다
북극곰같이 더위에 헉헉거리면서도
결국 내가 진다
머리를 확 깎아버려? 짜증나는데

참아야죠
보살 아닌 이가 누가 있겠어요
영선이는 미황사 동백꽃 보러 가고
정인이도 염불하러 절에 가고
황현규는 오늘도 커피를 챙겨준다
니란자 강가의 여인처럼

봄

불면증

당신에 대한 그리움으로
잠들지 못해요
하루종일 애들처럼
뛰어놀아도 결국 잠들지 못해요
술에 취해 쓰러져도
목마름처럼 눈은 금세 떠져요
잠들지 못한다고
미치진 않겠지만
자꾸 눈물이 나요
당신은 홀연히 오는 거지요?
이렇게 애걸하다 보면
당신은 문득 오는 거지요?
새벽하늘의 별처럼
푸른 연꽃처럼
대나무 돌에 맞는 소리처럼
끝내는 오는 거지요?

절정

먹구름 몰려오고
비냄새 묻어오더니
물결이 거칠어졌어요
밤새도록
폭풍우는 끝날 거 같지 않았어요
하지만 거친 물결도
사나운 비바람도
물방울 하나 내 몸 적시지 못했어요
그만큼 기쁨으로 가득했어요
눈부신 아침
보드라운 바람
당신의 팔을 베고 나는 잠이 듭니다
푸른 바다 위로
하얀 연꽃 하나 떠갑니다.

열반

혜암 스님 열반에 드셨어요
착하신 우리 스님
성철 스님은 삼천배를 받으시고도
화두를 줄까 말까 하셨다는데
우리 스님은
얼마 안되는 돈봉투 받으시고
삼배만 받으시고
화두봉투 날름 주셨어요
바라만 보아도 그냥 행복했어요
혜암 스님!
'공부하다 죽어라'
죽비 하나 던져놓고
가버리셨어요

'만법(萬法)이 하나로 돌아가니
이 하나는 무엇인가요?'

무의

덩치 큰 스님이 절 비우시면
우리는 절 구석방 찾아 술 마셨어요
비오는 날은 일주문까지 나가
빗소리 들으며 술 마셨어요
'무의(無衣) 스님 법명 참 섹시하네요
옷이 없다 누드 스님이잖아요 히히
죽으면 그 법명 저 주세요'
쓸데없는 소리 히히덕거리며
막걸리 한말 다 비웠어요
속세에 처자 두고 온
헤프게 웃던 스님
말이 씨 된다더니
당신은 정말 허망하게도 가버리셨네요
이제 난 무의인가요
당신은 나인가요

이제 난 당신 법명 들고

당신 입던 옷 입고
흰 고무신 끌고
그렇게 나는 가야겠지요

www.peachsound.co.kr

그 복숭아밭에는 무릉도원 있을까?

정발산을 넘으며

그래요

자살도 열반입니다

집착도 벗어던지고 고통도 끊어내고

스스로 죽어버리는 일

그것도 열반입니다

졸리운 햇빛

아름다운 새소리

끊어버리고

정든 집, 피붙이마저 버려두고

스스로 세상을 떠나는 일

그것도 열반입니다

청계천에서

거짓말 2

플라스틱 바가지만 남겨두고
돈 될 만한 건 모두 가지고 가버렸지요
차압된 살림들은 그렇게 가고요
일주일 넘게 밥을 제대로 못 먹었어요
거리를 헤매다 이름 모르는 남자 하나 만나
밥 같이 먹고 같이 잤어요 난생 처음
내 나이 열다섯
아침에 그 남자는 돈을 주었지요
그건 쌀이었어요
언니는 어디서 자고 들어왔냐고
화가 났어요
내 친구 경자네서 잤다고 거짓말했는데
경자가 쌀을 그렇게 줄 리가
없다고 언니는 내 뺨을 때렸어요
미친 듯이 때렸어요
그래도 쌀봉투는 그대로였어요

바리공주 2

살리겠다는 마음도
살겠다는 마음도
다 없었어요

무쇠주령 내려놓고
유심검도 내려놓고

추위도 내려놓고
서러움도 내려놓고

망망한 얼음산엔
달빛만 가득했어요

산맥도 내려놓고
달빛도 내려놓았어요

이별

관세음보살에게
좋아하는 사람이 생겼대요

그토록 짧은 밤이
길고도 긴 밤이었어요

관세음보살에게도
좋아하는 사람이 생길 수 있다는 걸
몰랐나요?

부디 행복하세요

그래도 나무관세음보살……

불성

돌들에도 불성(佛性)이 있습니까?

바닷가에 놀며
그 바다가 아쉬우면
돌 하나씩 주워들곤 왔었어요
내 차 바닥에는 어느새
바다가 수십개 널려 있네요
문득 돌들도 돌아가고 싶은
저마다의 그리움이 있다고
여겨졌어요
파도에 떠밀리며 제각기 소리내며
놀았을 그 돌들이 지금
발밑에 외로웠어요
하지만 제각기 떠나온 바다를
나는 기억 못하고
다 다르지만 다 비슷한 돌
어디로 어떻게 돌려보내야 할지

난감하네요

돌들에도 불성이 있습니까?

대천에서

진실로, 있는 그대로

당신은 온 적도 없고
간 적도 없습니다

제 2 부

우이도 2

후회

그녀는 울고
그들은 쓰러졌지만
나는 신혼이었어요

색종이도
하객도 없었지만
나는 평생이 신혼이었어요

산에 산꽃
들에 들꽃, 물가에 물꽃
일일이 행복했어요

그녀가 울고
그들은 쓰러져도

구계등 2

법구경

몸의 주인은 누구인가요?
당신은 이제 이 몸의 주인 아니잖아요

흰머리 늘어나고 털은 점점 빠지고
눈도 늙어 점점 안 보여요

몸의 주인은 누구인가요?
몸의 주인은 늙음이며 죽음이라고
법구경은 말하는데

생 로 병 사
몸의 주인은 진실로 당신이신가요?

은하철도 999

메텔
청춘의 시간 속으로 여행하는 여자
그녀를 찾아서
은하철도 999를 타세요

지구를 버려두고
명왕성 지나 안드로메다 은하까지
떠나보세요

청춘의 시간
은하철도 999를 타는 일뿐
더이상 무슨 할일이 있겠어요

기계인간의 도시는 무너지고
기적은 우는데

메텔

그녀는 지구로 돌아가는 기차를
끝내 타지 않았어요
안드로메다 플랫폼에 그녀를 남겨둔 채
은하철도 999는 그렇게 떠나버렸어요

부도암 가는 길

동백꽃

파도마저 없었습니다
전쟁은 끝났습니다
오랜 전쟁
30년의 인연도 끝났습니다

지난 가을에 심어져 한 겨울을 겨우
넘긴 마당의 나무들은
작은 숲은 뿌리뽑혀
찬바람에 뒹굴었습니다

그렇게 전쟁은 끝났습니다
나무들도 말을 한다는데
나는 그녀가 무섭습니다

전쟁을 피해 날아온
남쪽 섬에는
동백꽃이 하나둘씩 지고 있었습니다

선우완

나한테 성을
이름으로 뺏기고
기가 뺏겼다고
투덜거리는 사람

일찍이 처자식 팽개치고
어린 여자 따라간 사람
겨우겨우 살아가는 사람

지금도
가끔은 저수지에 낚싯대 담그고
실없는 소리 하며 웃음 웃는지
가끔은 예전이 생각나는지
아니면 앞날이 두려우신지

기를 뺏기고
조용조용 살아가는 사람

어쩌면 부러운 사람

행복한 사람

새만금

우도

우도는 없었어요
옛집은 무너지고
해안선 따라 생겨난 시멘트 도로는
더이상 우도가 아니었어요
산호사 물빛은 그대로인데
이상한 여관이 가로챘구요
하고수동 백사장엔 물고기 떠나갔어요
쓰레기 주우며 이곳에서
살겠다던 내 꿈도 떠나갔어요
산허리 감으며 정답게 오르던 우도봉에는
다시 오를 일 없을 거예요
봉화는 꺼지고
길고긴 항쟁도 끝났는데
용암이 흐르다 흐르다 지친
상고수동 앞바다는 왜
갑자기 피바다 되어 떠올랐나요?

제사

언제나 몸을 쉬지 않으시던 아버지
평생이 바쁘시던 아버지
오늘은 당신 떠나신 재작년 그날
저는 다랑쉬오름 올라가요

달을 안은 봉우리
언덕을 힘겹게 넘어 넘어가니
정말 피안이네요
달을 닮아서 다랑쉬인가요
대낮인데도
나는 달빛과 손잡고 갔어요

발 아래 해지는
사바세계마저 아름다웠어요
갑자기 분위기 깨는
산불방지 아저씨
이름 적고 가래요

여기 불나면 다 불러들인다고
그 말마저 아름다웠어요

아버지
절 받으셔야죠
소주 한잔 바람에 띄울게요

안녕히 떠나가세요
쓸쓸한 팽나무에
더이상 마음두지 마세요
사라져버린 마을 다랑쉬에서
이제 그만 떠나가세요

나쁜 남자

정말 나쁘더군요
끝까지 나쁘더군요

화집을 끼고 앉아 잘생긴 남자친구
기다리던 여자였는데
나쁜 남자 만나 창녀가 되어
더이상 잃을 것도 없는 여자가 되어 따라가네요

사실은 부럽기조차 했어요
여자가 몸파는 동안
바닷가에 쪼그리고 앉아 무심하게
기다리고 있는 그 남자가
왠지 부러웠어요

그렇게 슬픈 밥 먹으면서도
함께 떠다닐 수 있다는 게 부러웠나요
더이상 잃을 것도 빼앗길 것도 없는
그들 사랑이 부러웠나요

이별 2

그녀가 검은 비닐봉지 하나 손에 들고
집으로 걸어들어갔습니다
그게 마지막이었습니다
차창엔 비가 조금씩 묻었고
그녀의 집은 멀어져갔어요
차 뒤엔 검은 가방, 노란 가방 흔들리고요
빗방울은 굵어졌어요
더욱더 넓어진 그 집 마당에도
비는 내리겠지요

잊으세요
기억력 좋은 당신. 잊기는 어렵겠지만
아침이 오면
빈 마당에 눈부신 꽃밭 가꾸세요
꽃향기 춤추면
모든 게 한낱 꿈일 거예요
그때
나비 되어 놀러 갈게요

술잔 2

아들과 마시는 술잔

가고 가고 또 오고……

나는 전생여행 떠날 거야…… 너는 누구니?

해피엔드

물 흐르는 대로 따라가 구름을 바라보거나
낡은 주막에서 돈도 없이 늦도록 술을 마시다가
끝내 아무도 찾아오는 이 없는데
나가 나가 이 씨팔놈아
허리 굵은 주모에게 욕을 먹거나
……자신마저 떠나면 다 해피엔드

금강경소(金剛經疏)

나는 너를 사랑했다,라고 하자
이 말은 사실인가?
이 말은 사실이 아니다
너라는 건 있지 않고 사랑했다는 건
더더욱 있을 수가 없기 때문이다
그래서 나는 너를 사랑했다,라고 말하는 것이다

나는 너를 미워했다,라고 하자
이 말은 진실인가?
이 말은 진실이 아니다
너라는 건 있지 않고 미워했다는 건 더더욱
있을 수가 없기 때문이다
그래서 나는 너를 미워했다,라고 말하는 것이다

자기라는 생각도 살아 있다는 생각도
개인이라는 생각도 개체라는 생각도
생각하고 있다는 생각도

생각하고 있지 않다는 생각도 없는데

너를 사랑했다는 말은
너를 사랑하지 않았다는 말 이외에 아무것도 아니고
너를 미워했다는 말은
너를 결코 미워하지 않았다는 말 이외에 아무것도 아니다

그래서 너를 미워했다고 말하는 것이다
그래서 너를 사랑했다고 말하는 것이다

티어스틱

눈을 맵게 하여 눈물 흘리게 하는 티어스틱
그때문에 은경이는 많이도 슬피 울었습니다
무엇을 위하여 누구를 위하여
그렇게 그녀는 울었나요?
영영 떠나가는 그이를 위하여 울었나요?
아니면 그녀 자신을 위하여
영화를 위하여 영화를 볼 이들을 위하여
아니면 말 못하시는 엄마 아빠를 위하여
모래꽃을 위하여 바다를 위하여 하늘을 위하여
그렇게 슬피 울었나요?
아니요 사실은
그 아무것도 위하여 울지 않았어요
그냥 티어스틱 때문일 뿐
그래서 은경이는 더더욱 서럽게 울었습니다
그날 저녁 은경이는 김치찌개 시켜 밥 두 그릇 뚝딱
그리고 계란프라이 다섯개 혼자 시켜 먹어치웠습니다

모두들 수고하셨습니다

안녕히 가세요

다비식

이별에 대하여

너는 3시에 와

나는 2시에 갈게

조금 먼저 간다고 영원히 우리는 못 만나는 건가요?

조금 늦게 온다고 세상은 달라지나요?

뭉게구름에 대한 추억

오랜만에 반가부좌하고 숨쉬어봤어요
간밤에 봄비는 여름비처럼 내렸어요
언제나 가슴 떨리게 하는 여름비가 그렇게
내렸는데
내 기억 속엔 자꾸 뭉게구름 피어올랐어요
어린시절 진도 바닷가에 조용한 물결소리 들리더니
그렇게 파란 하늘에 뭉게구름 피었거든요
해녀들 조잘대며 노래하며 배 저어 왔었거든요
그 배에 나도 타고
거침없이 웃음 터뜨리며 옷 갈아입는
그녀들이 민망해서 뭉게구름만 보았었는데
그 노랫소리 어디 가고
그녀들은 지금 어디에 있을까요?
혹은 이 세상 떠나가고 혹은 늙어 뭉게구름 추억할까요?

당신과 싸우고 올림픽대로 달리던 날
서울 하늘에도 뭉게구름 피어났어요

멸종되었다고 여겼던 뭉게구름이 비가
며칠째 퍼붓던 다음에 문득 돌아왔던 거예요
강물에 차를 몰아 뛰어들 것 같다고 그렇게
중얼거리던 그녀가 그 뭉게구름 혹시 보았던가요?
그 중얼거리던 소리 한숨소리 눈물 어디 가고
그녀 또한 지금은 나를 떠나갔는데
간밤에 봄비가 여름비 되어 무창포에 내렸는데
내 기억 속엔 자꾸 뭉게구름 피어올랐어요

지나간 시간은 다 꿈이라고
기억으로 돌아가면 다 뭉게구름 같은 거라고
만법은 하나로 돌아가니 사랑도 미움도 없는 거라고
나 또한 원래 있지 않았다고
뭉게구름이라고
방문을 열고 나서니 뜰에는 자목련 꽃잎 비에 젖어
예뻤어요
비도 그치고

간밤에 그 빗속에서도 짝을 찾아 울던
소쩍새 소리도 그쳤어요

해인

데이터의 바다
삼라만상을 비추는 모니터
그 속에서 당신이란 데이터는
왜 지워도 지워도
다시 뜨는지요
휴지통을 비워도 왜 당신은 뜨는지요
해인삼매(海印三昧)
어차피 다 비어 있는데
당신도 단순히 데이터일 뿐인데

바리공주 3

그리하여 병든 부모 살려내고
부모님 축복 속에 결혼식 올렸는데요
백성들 좋아라 축복해주고
부처님마저 축복했어요
그이 덩치 너무 크니까 먹고살기 힘들까봐
산신, 지신 제사 받아먹고 살게 하시고
저는 인로왕보살(引路王菩薩) 되어 죄 많은 영혼들
극락왕생시키는 일 맡게 하셨어요
근데 그 자식 벌써 한눈 팔아요 여기저기
반반한 여인네마다 껄떡대구요
그러거나 말거나 죄 많은 영혼들 끌고 나는 가는데
생각하면 짜증나네요
그지 같은 자식. 아들 일곱이나 낳아주었는데
'여기는 극락. 여러분 행복하세요'
돌아오는 길에도 화는 안 풀렸어요
'무장승 이 개자식!'

수계식

술을 하염없이 마신 다음날
산 게를 쪄먹는 일은 다시는 하지 말아야지, 물고기
잡아먹는 일도 더이상 하지 말아야지
어느 시골 목욕탕에서 목욕을 하며
물가에 앉아
계를 받는다
산 것을 죽이지 마라
거짓말하지 마라
음란한 짓 하지 마라
남을 허물하지 마라
일회용 컵 더이상 쓰지 마라
맛있다 맛없다 하지 마라
술 마시지 마라
따지지 마라
편안하려고 애쓰지 마라
그리고 너, 무소의 뿔처럼 혼자서 가라

봉암사에서 2

심우도

내 목을 파고드는 죽비소리
따라 나는 갑니다
지금은 소발자국 어지럽고
아직은 죽비소리 슬프지만
언젠가는 그 소리마저 잊을 거예요

통도사

꽃 받으세요
향 받으세요
절 받으세요

그날 저녁
통도사 적멸보궁을
스치던 인연
그대 누군지 모르지만
가슴 아팠어요
무슨 업장이 쌓여
그렇게 어둠이 깊어가도록
그곳을 떠날 줄 몰랐나요
너와 내가 따로 없는 그 세상까지
바래다주고 싶었지만
아직은 맘이 무거워 그러지 못했어요
혹시
전생에 그리움에 지쳐 쓰러져

이렇듯 이승에서도
당신을 스치듯 떠나보내야 했나요

다시는
인연 맺지 말고
윤회를 벗어나
피안에 오르세요
부디
잘 있어요

구계등 1

이별에 대하여 2

경포대 뜬 다섯 개의 달…… 호수장을 바라보며……
월드컵공원에 가을이 지나간다.

월정사 반야교 위에서…… 전생여행…… 이별은 없다.

갈매기 옆에서…… 하나의 영혼이 여러 몸에 깃들기도 한
다더니

여주해장국 그녀는…… 질식

헬스클럽에 가도…… 주문진에도 떠오르는 달. 그렇게 가
을이 지나간다.

연비

뜨거웠어요
조금 아팠구요
그렇지만 황홀했어요
그렇게 당신은 내 팔뚝에 연비자국 남겼어요
그게 마지막이라고
술도 사랑도 그 숱한 밀어도 거짓말도
다 끝이라고
그렇게 당신은 내 팔뚝에 연비자국 남겼어요

그렇게 떠나가나요?
그렇게 떠나갈 수 있나요?
해인사 대적광전
섬돌에 벗어놓은 고무신
남겨두고
연비자국 하나 남겨두고
그렇게 매몰차게 떠나갈 수 있나요?
지심귀명례(至心歸命禮)

대설주의보

쉰이 넘은 나인데 나는 왜 이렇게 비틀댈까?
내일은 올 들어 가장 발달한 눈구름이 다가온다는데
다 팽개치고 눈 맞으러 달려갈 생각을 한다. 동백꽃 보러
미황사로 갈 생각을 한다.
구계등 바닷가에 자갈돌 밟으며 소리쳐 통곡을 할 생각을
한다.
너는 누구니? 도대체 너는?
끝없는 그리움에 때로는 소스라치고 때로는 맥없이 주저
앉고
내일은 올 들어 가장 발달한 눈구름이 다가온다는데
미쳐도 곱게 미쳐야 할 텐데
......

여의도에서

마음대로 된다는 섬인가
퇴근길 극심한 교통체증으로
섬에 갇혀 있다가
홀연 나는 없었다
너와 너희들만 있었다
진실로 있는 그대로
나는
너와 너희들을
만난 적도
헤어진 적도 없었다
다 거짓말이었다

러닝머신

러닝머신도 멎고
달아오른 섹스도 멎었다
술잔도 멎었고
바람도 멎었다
너를 바라보는 눈빛도
너를 향한 말잔치도
한숨도
다 떠나가고 있었다
오디오에서
무슨 음악이 흘러나온들
무엇이 다를까?
너는 처음부터 없었는데

몽골에서 2

유마경을 던져주다

연꽃의 나라였다
캄보디아에서 나오는 날
국경에서 버스를 기다리며
유마경을 읽고 있었다
'모든 건 인연에 따라 생겨나고
모든 건 인연에 따라 없어진다고 말씀하신 부처님……'

한 남자가
조잡해 보이는 썬글래스를 여러개 손에 쥐고 다가왔다
하나 써보라고 웃는 남자에게
유마경을 주며 읽어보라고 그랬다
무슨 말인지도 모르고
서로 웃었다

엽기적인 그녀

그녀가 떠나던 날
아주아주 떠나던 날
나는 죽고 싶었다

그런데 텔레비전에서
「엽기적인 그녀」를 보여주었다
기분이 좋아졌다

참회

나는 그녀가 십년째
혼자 걷게 만들었다
혼자 울면서 술 마시게 놔두었다
혼자 밥 먹고
혼자 잠들게 버려두었다
그녀가 사준 팔찌, 목걸이
반지 다 잃어버렸다
눈길도 피하고 눈길도 주지 않았다
따스한 미소도 없었다
탄식과 한숨과
연민만 겨우 남아 있었다
아내를 아내라고
불러준 적도 없었다
벼락 맞아 죽을 놈
무간지옥에 처박을 놈
모든 사람을 차별 없이
동등하게 대하라 했거늘
관세음보살이 따로 없다 했거늘

전생여행

나는 전생에
물고기이었고 새이었고
인도의 수행자이었고
또 중이었어요
절에 있을 때
절 아래에서 굿하던
하얀 옷 입은 여자한테 반해서
그녀 손잡고 산을 내려갔어요
너무 좋았나봐요
붕붕 떠다녔어요
그 업보인가요?
이렇게 당신을 이승에서 다시 만나
부부가 되어 서로를 힘들게 하는 건
아마 파계의 대가인가봐요

짐을 싸서 집을 나오던 날
내 등뒤로 당신은 소리쳤어요

'그년은 전생에 니 에미였다고
니 에미랑 간통하냐, 미친 새끼야'
나는 그녀가 전생에 내 딸이었을지도 모르겠다고
생각했는데
나를 찾아서 온 것도 그녀였고
그리고 그녀를 자꾸 애기라고 부르게 되고요
그런데 맞아요
내 에미였을지도
출가한 아들이 늘 안쓰러웠던 엄마
그 엄마가 사랑을 가르치고 떠나갔네요
당신을 사랑하라고
그 누구도 사랑하라고
살아 있는 모든 걸 살아 있지 않은 그 모든 것까지
사랑하라고
가르치고 떠나갔네요

몽골에서 1

금강경소 2

이제 사랑의 순간도
이별의 순간도
그 어디에 자취가 없습니다
그날의 주차증도
함께 쓰던 칫솔도 다 버렸습니다
당신에 대한 기억도
꿈결처럼 희미해지겠지요
이제 남은 건
덧없음
그리고 가끔은 남 몰래 불러볼
당신 이름뿐
뜻없는 이름뿐
이제 알 것도 같습니다
여래라고 불리는 이는
어디로 가지도 않으며
어디로부터 오지도 않는다는
금강경의 그 말씀

실상사

실상사는 눈물이었어요

중도(中道)를 설하던 날
자본주의도 사회주의도 아니라고
눈도 아니고 비도 아니던 날
새벽예불
도법스님은 지리산 자락에
좌우대립으로 죽은 영령들을 위해
천일기도중이셨어요

누구보다, 그 무엇보다
평화를 비원하는 스님의 독경소리
왜 그리 아프게 들리는지
천수경,
왜 신묘장구대다라니를 일곱 번이나
되풀이 부르셨어요?
그 가혹함이 슬퍼지더니

결국 석가모니불 정근(定根)할 때
스님이 수백번 석가모니불 연호하실 때
덩달아 엎어지고 엎어지며
절하던 내 몸이 떨리더니
결국 눈물을 쏟았어요

'업장이 녹는 것 같았어요 스님'
아침에 사진을 같이 찍으며
그렇게 말씀드렸지요
스님은 무슨 업력으로 다 잊혀진 영령들을
다시 불러 달래는가요?
전쟁이 끝난 지 50년이 되는데
당신 혼자 천일의 전쟁을 하는가요?

극락전 뜨락을 비우고
수경스님은 조계사에
농성하러 가시고

북한산 지키신다고
새만금 지키신다고
새만금에서 삼보일배하며 서울까지 가시겠다고

실상사는 온통 눈물이었어요

회향(廻向)

이별은 없는 것
윤회를 끊지 않는 한
우리는 또다시 무엇이 되어
다시 만날 텐데

……아제아제 바라아제 바라승아제 모지 사바하

달관과 방황의 혼돈으로부터의 이별 그리고 회향
장선우의 시세계

신경림

1

쉰이 넘은 나인데 나는 왜 이렇게 비틀댈까?

내일은 올 들어 가장 발달한 눈구름이 다가온다는데

다 팽개치고 눈 맞으러 달려갈 생각을 한다. 동백꽃 보러

미황사로 갈 생각을 한다.

구계등 바닷가에 자갈돌 밟으며 소리쳐 통곡을 할 생각

을 한다.

너는 누구니? 도대체 너는?

끝없는 그리움에 때로는 소스라치고 때로는 맥없이 주

저앉고

내일은 올 들어 가장 발달한 눈구름이 다가온다는데

미쳐도 곱게 미쳐야 할 텐데

......

— 「대설주의보」 전문

일기예보는 내일 큰 눈이 온다고 알린다. 아직 자정이 멀
었는데도 사무실과 가게는 셔터를 내리고, 사람들이 서둘러
귀가한 거리에는 나뭇잎만 스산하다. 간판은 바람에 덜컹대
고, 가로등도 다가올 위험을 예고하듯 파랗게 떤다. 이제
'나'도 집으로 돌아가 몰려오는 대설에 대비해야 하리라. 한
데 '나'는 철없이도 그럴 생각은 않고 엉뚱하게 눈을 맞으러
갈 생각을 하고, 그 눈 속에 필 빨간 동백꽃을 보러 갈 생각
이나 한다. 구계등 바닷가를 찾아가 자갈돌 밟을 생각도 하
고. 이런 '나'가 딱하고 어이없으면서도 어쩌지 못하는 데서
이 시는 시작된다. 말하자면 '너는 누구니? 도대체 너는?'이
라는 회의와 '쉰이 넘은 나이인데 나는 왜 이렇게 비틀댈
까?' 또는 '미쳐도 곱게 미쳐야 할 텐데'와 같은 자괴가 이
시의 출발점인 셈이다. 당연히 이 시에는 어둡고 비장한 몸
짓이 있어야 마땅하다. 그러나 그렇지가 않다. 자괴적인 고
백에도 불구하고 눈 맞으며 환호하는 '나', 동백꽃 보며 작약
하는 '나', 바닷가 자갈돌을 밟으며 기쁨에 뛰는 '나'의 이미
지가 회의하고 자괴하는 '나'를 압도하면서 시를 밝고 활기차

게 만들고 있다.

이 시를 읽으면서 묘한 해방감을 맛보는 것은 비단 나만이
아닐 터이다. 툭툭 내뱉는 그 말투부터가 독자를 긴장감에서
풀어준다. 일상적인 규율이나 틀에 박힌 생활로부터 일탈하
고 싶은 욕망은 크건 작건 누구에게나 있는 법, 이것을 그는
별로 망설이거나 거리끼지 않고 툭툭 내뱉는 것이다. 그렇다
고 그의 수법을 경직된 엄숙주의를 야유하기 위하여 지나치
게 과장되고 날조된 경박주의와 혼동해서는 안된다. 그의 시
는 아주 자연스러워서 그런 시가 흔히 가지기 쉬운 억지와
눈에 보이는 잔재주가 없기 때문이다. 한편 이 해방감은 시
가 갖는 가장 중요한 기능의 하나일 수도 있는 터로, 장선우
시를 읽는 가장 큰 재미는 바로 여기서 찾을 수도 있을 것이
다. 이와같은 시들은 이 시집 도처에서 발견된다.

저는 태진아가 좋아요
'사랑은 아무나 하나'
그 노래도 좋구요
'외로워 마세요'
그 노래도 좋아요

……인생이 다하는 날까지

웃으며 살아가요 … 하나를
얻자니 잃는 건 두 가지……
외로워 외로워 마세요 사는 게
다 그런 거지……

그만할래요 저 음치거든요
그리고 그 아저씨
텔레비전 나온 거 보면요
되게 웃겨요
속없이 웃겨요

가는 세월 돌릴 수 있나요
그저 허허 웃어봐요……

아저씨, 여기 소주 한병 더!

— 「태진아」 전문

2

　장선우는 시를 직업적으로 쓰는 시인은 아니다. 다 아다시
피 「너에게 나를 보낸다」「나쁜 영화」「경마장 가는 길」「성

냥팔이소녀의 재림」 등 흥행에 성공하기도 하고 실패하기도 한 영화를 감독한 바 있는 이름있는 영화감독이다. 또, 이또한 다 아는 얘기지만, 그의 영화에 대한 평가는 크게 엇갈려 극찬하는 평자가 있는가 하면 혹평하는 평자도 없지 않다. 아무튼 그는 이 시집을 내면서 "이것들은 떠나는 연습"이라고 전제한 다음 "갑자기 시편들이 쏟아져나오기 시작했"다면서 "어떤 답답함이, 그리움이, 더러움이, 그렇게 쏟아져나왔"다고 말하고 있는데, 이 고백이 그의 영화의 결과와 관계있는 것인지는 알 수 없다. 그렇더라도 "떠나는 연습"은 무엇으로부터 떠나는 연습이며, "답답함, 그리움, 더러움"은 어떤 것인가를 알면 훨씬 더 재미있게 그의 시를 읽을 수 있을 것만은 분명하다. 먼저 「이별에 대하여」 두 편을 읽어보기로 하자.

    너는 3시에 와
    나는 2시에 갈게
    조금 먼저 간다고 영원히 우리는 못 만나는 건가요?
    조금 늦게 온다고 세상은 달라지나요?
                                    ―「이별에 대하여」 전문

    경포대 뜬 다섯 개의 달…… 호수장을 바라보며……

월드컵공원에 가을이 지나간다.

월정사 반야교 위에서…… 전생여행…… 이별은 없다.

갈매기 옆에서…… 하나의 영혼이 여러 몸에 깃들기도
한다더니

여주해장국 그녀는…… 질식

헬스클럽에 가도…… 주문진에도 떠오르는 달. 그렇게
가을이 지나간다.

—「이별에 대하여 2」전문

앞의 시에서 "나"는 2시에 갈 테니 "너"는 3시에 오라 한
다. 더 중요한 화두는 그 다음의 서술로, 조금 시간이 안 맞
는다고 영원히 못 만날 일이 있으랴, 또 못 만난다고 세상이
달라지랴라는 것이다. 얼핏 달관의 세계가 연상된다. 뒤의
시는 사뭇 다르다. 전생과 현세를 방황하는 뉘앙스가 짙으며
현상에 대한 부인의 함의가 강하다. 경포대-호수장-월드컵
공원-월정사 반야교-갈매기 옆-여주해장국-헬스클럽 등
수많은 장소로의 이동이 바로 방황의 상징일 터요, "이별은
없다"는 현상에 대한 부인의 함의로 읽힐 수 있다. 그렇다면
같은 주제를 다루고 있다고 할 수 있는 두 편의 시에 나타나
는 서로 다른 정서를 어떻게 이해해야 할까? 떠난다는 것을
단순하게 방황을 끝내고 달관으로 간다는 뜻으로 해석해도

과연 좋을까? 아무래도 그런 것 같지는 않다. 오히려 지금 그의 현실은 방황과 달관이 혼재하는 카오스요, 이것을 동시에 다 버린다는 뜻으로 이해하는 것이 어떨까? 여기 「해피엔드」라는 짧은 시가 있다.

> 물 흐르는 대로 따라가 구름을 바라보거나
> 낡은 주막에서 돈도 없이 늦도록 술을 마시다가
> 끝내 아무도 찾아오는 이 없는데
> 나가 나가 이 씨팔놈아
> 허리 굵은 주모에게 욕을 먹거나
> ……자신마저 떠나면 다 해피엔드
>
> ─「해피엔드」 전문

달관의 경지도 보이지만 허무주의의 색채가 더 강하다. 그러나 한꺼풀 벗기고 보면 거기 진하게 배어 있는 것은 아직도 털어버리지 못한 세상의 땟자국이요 삶의 얼룩이다. 결국 떠난다는 것은 이 모든 혼돈과의 이별을 뜻하는 것이라고 읽어도 아주 틀린 것이라고 하기는 어렵지 않을까!

3

   장선우가 영화감독인만큼 역시 영화와 관계가 있거나 영화를 연상케 하는 시를 읽는 재미를 빼놓을 수는 없을 것이다. 실제로 이 시집 속에는 영화의 내용이나 제목과 일치하는 시들이 아주 많이 있다. 그중 몇편만을 들어본다.

   검열에 왕창 짤려 개봉하던 날
   나쁜 아이들은 대한극장 앞에
   뒤늦게 모였다
   극장 안에 들어가기조차 싫어하던
   나를 위로한답시고
   재경이가 말했다
   '감독님 우리 본드 불고 강물에
   팍 빠져 뒤질까요?'
   미친놈
   그는 정말 한강 고수부지에서
   본드 불다 강물에 빠져죽었다
   재경이는 이제 이 세상에 없다

                       —「나쁜 영화」전문

꽃 달린 배 타고 나는 가요

뱃전에 부서지는 파도소리만

데리고 나는 가요

포다섬 가는 길 금강경 한줄이

하늘가에 걸렸어요

若見諸相非相 卽見如來……

—「성냥팔이소녀의 재림」 전문

제작자 신철이는 지옥 갈지 몰라요

거짓말해서

근데요 복받을지도 몰라요

거짓말 만들어서

—「거짓말」 전문

이밖에도 「경마장 가는 길」 「티어스틱」 등은 모두 그가 감독한 영화의 제목이나 내용(「티어스틱」은 그 과정)을 다루고 있는 시들이다. 영화를 본 독자라면 어떤 한 장면을 떠올리며 미소를 지을 것이고 또 보지 않은 독자라면 새삼 그 내용이 궁금해질 것이다. 이 정도로라도 이 시들은 충분히 재미있을 수 있다. 하지만 더 중요한 것은 이 진술들이 단순한 것이 아니라는 점이다. 여기에는 그의 영화에 대한 꿈과 현실이 있고, 생각이 있으며, 갈등과 고뇌가 있다. 예컨대 「나쁜 영화」에서 "재경이는 이제 이 세상에 없다"는 사실이 아닌 은유일 수도 있다. 그러나 이 진술에서 잘못된 검열에 대한 그의 강한 항의를 듣는 것은 어려운 일이 아니다. 또 「성냥팔이 소녀의 재림」에는 관객에 대한 그의 강한 실망감의 반어적 표현으로 읽어도 좋을 대목이 있다. 어쩌면 「거짓말」은 영화가 추구하는 것이 예술이지 도덕이 아니라는 그의 철학을 은연중 말하고 싶어 쓴 시일 수도 있다.

"이것들은 떠나는 연습입니다"(「시인의 말」)라는 고백과 "이별은 없는 것/윤회를 끊지 않는 한/우리는 또다시 무엇이 되어/다시 만날 텐데"(「회향」)로 이 시집을 끝내고 있는 점도 주목해 읽어야 할 대목이다.

申庚林 | 시인

시인의 말

이것들은 떠나는 연습입니다.

떠나야 살 거 같아서.

「성냥팔이소녀의 재림」 엔딩을 찍기 위해

타이행 비행기를 탔을 때

마치 「경마장 가는 길」 엔딩처럼

갑자기 이 시편들이 쏟아져나오기 시작했습니다.

그래야만 숨쉴 것 같아서,

비행기를 내리고 다시 타고

타이의 남쪽 바닷가를 헤매며, 계속 쓰고 또 썼습니다.

돌아와서도 또 시편들은 기어나왔습니다.

어떤 답답함이, 그리움이, 더러움이, 그렇게

쏟아져나왔습니다.

그것이 일년간 계속되었습니다.

……

모든 게 또다시 변했습니다. 세월은 여전한데.

돌아보면 민망한 이것들을 한권의 시집으로 받아주고 엮어주
신 최원식 선생님과 창비 여러분

성가셨을 텐데 발문을 맡아주신 신경림 선생님,

두고두고 고맙습니다.

2003년 겨울 장선우

이별에 대하여

초판 1쇄 발행 / 2003년 12월 22일
초판 2쇄 발행 / 2022년 2월 15일

지은이 / 장선우
펴낸이 / 강일우
편집 / 김정혜 문경미 안병률
펴낸곳 / (주)창비
등록 / 1986년 8월 5일 제85호
주소 / 10881 경기도 파주시 회동길 184
전화 / 031-955-3333
팩시밀리 / 영업 031-955-3399 · 편집 031-955-3400
홈페이지 / www.changbi.com
전자우편 / lit@changbi.com

ⓒ 장선우 2003
ISBN 89-364-2714-8 03810